붙잡히지 않는 둥근 거울

붙잡히지 않는 둥근 거울

원경 김기찬

學而思|학이사

시집을 엮으며

　현상의 울림을 내면화하고 그 내면화된 울림을 다시 형
상화시켜 드러내는 것. 그것을 나는 시라고 생각해 왔다.
　그러나 그러한 내 생각과는 달리 내 시의 작업은 서툴
러 삶 속에 숨은 존재의 깊은 어스름 같은 것을 드러내는
데는 아직도 많이 미흡하다.

　그런데도 그동안 문예지에 발표된 작품과 함께 60여 편
을 묶어 『붙잡히지 않는 둥근 거울』이라는 이름으로 첫
시집을 엮었다.

유난히 더웠던 지난 여름 이 시집이 나오기까지 격려와 도움을 준 분들께 감사드리며, 특히 내 시를 틈틈이 이끌어 준 경북대 권기호 명예 교수님께 깊이 감사를 드린다.

2022년 2월

원경 김기찬

차례

1부. **꽃과 나무**

2부. 사색

3부. 바다와 산

4부. 생활 주변

5부. 미래 세계

1부

꽃과 나무

찔레꽃

내게 찔레꽃은
늘 고향의 안부 같은 것이다

민들레, 진달래도 그렇지만
특히 그 아릿한 향기는
문간방 고향 누나들의 분 냄새처럼
언제나 살갑게 다가오는 것이다

노을 번진 고향 저녁
삽짝문에서 기다리는 어머니 모습과 함께
그것은 살아 있는 무늬가 되어
늘 내 망막에 일렁이는 것인데

뒤안길 홀로 훌쩍이던 누이의 흔적일 때도 있고
할아버지 상여 뒤따르는
열두 살 어린 내 흔적도 함께 묻어 있는 것이다

오늘 그 꽃잎 하나
새삼 헛바닥에 대어 보면
그때 타는 노을빛 같은 것이
아릿하게 번져 오는 것이다

접시꽃

아파트 화단 모퉁이에
접시꽃

훤칠한 꽃대
소박하고 조촐한 자태가
고향집 장독대 옆에 피던 그대로이다

어머니가
정성스레 가꾸던 그 꽃

장독들 물로 씻어 매끈하면
장독 안에는 언제나
하늘 구름 흘러가고
뒷산 솔바람과 함께
접시꽃
아늑한 봄 햇볕에 조을고 있었다

내게 접시꽃은
늘 고향 소식 담은 엽서 같은 것이다

할미꽃

그리움은 어디에나
흔적을 남겨 놓는다

어머니 산소에서
그것은
문득 날아오르는 산까치에서
또는 못둥 위로 팔랑이는 나비에 이르기까지

나는 그것이
어머니가 내게 보여 주는
어떤 징표 같은 것이라 생각했다

늦은 귀갓길
골목길 비춰 주는 달님에서도
어스름 저편
대문 앞에 일렁이는 그림자 같은 것에도

또한
솔잎 사이 흐르는 바람 소리나
풀섶에 맺힌 이슬까지도

그것은 가끔 내게 전하는
어머니의 손길이거나 흔적 같은 것이라 생각했다

아지랑이 봄날
오늘은 산소에서
할미꽃 한 송이가 나를 반겼다

엎드려 절하는 내게
할미꽃,
그리운 시선처럼
오래 나를 지켜보고 있었다

들꽃

넓은 들 끝자락
밭둑에
호젓이 피었다

찾아오는 이 없고
돌보는 이 없어도
소담스럽게 피었다

흔하고 평범한 이름이면서
하나하나 돋보이는 몸짓들

나름의 최선으로
한 잎 한 잎 꽃 피우니
주위가 환하다

네가 있음으로 해서
비로소
봄이 숨을 쉰다

스스로 하는 일이

값져서
지나는 바람도
조잘조잘 속삭이고

이슬을 이슬답게
노을을 노을답게 만든다

숨어 있는 듯 흩어져 있으면서
하늘의 수많은 별처럼
또렷한 눈빛들

봄날의 축복이
이 언덕 위에
온통 쏟아지고 있다

난초

오십 년 전 학창 시절이
문득문득 생각난다면서
나이 많은 제자가
스승의 날
난초 화분 하나를 보내왔다

경주 고등 이학년 사반
풋풋하고 싱싱한 제자들

그러한 그들에게
산골 정갈한 곳 질그릇을 빚듯
나는 어설픈 솜씨지만
늘 마름질하기를 애썼다

푸른 풀밭으로
양 떼 몰고 가듯
채찍을 들기도 했고

산 정상 오르는 기상을
키우는 담금질을 했다

오늘 아침
난초 한 송이
뾰족이 피어 인사한다

토실토실 알밤 같은 정성
꽃잎에 묻어나고

순수하고 갸륵한 마음
화분 위에
내려앉아 있네

모란

사월이 오면
모란이 핀다

따사로운 햇살이
거룩한 힘 불어넣어
꽃봉오리 팽팽하게 키우니
화산 터지듯 헝겅하게*
꽃을 피운다

노오란 꽃가루 질펀하게
흐트러지니 화단이 그득하다

온갖 정성과 노력이
응축된 꽃

모란은 봄 햇살에
군림한다

울컥울컥 내뿜는 정취는
가는 길 멈추게 하고

흩어진 옷매무새 고쳐 입게 한다

모란은
봄을 한아름 안고 와서
꽃밭에 내려놓고는

몰락한 귀족으로
뚝뚝 떨어지니
애지중지 땅바닥은
슬퍼한다

* '넉넉하게'의 사투리

21

새싹

노란 병아리 같은
개나리 새싹이
조잘조잘
옹알이하듯
언덕길 따라 오고 있다

마치
한 무리 유치원 아이들처럼
햇살 받으며
티 없이 웃고 있다

새봄
저 맑고 여린 숨결이
조용히 파문을 이루며
지금 내 가슴에
부딪쳐 오고 있다

늙은 나를
요람에 태워
흔들어 주고 있다

단풍

어쩌다
무안 당하였나?
얼굴 빨갛구나!

가을맞이 잘못하여
꾸중 들었나?

그 불그스레함은
내 가슴 흰 한지漢紙에
스며들듯 번지고 있다

물씬 익은 가을
한가운데
산은
온통 홍당무 되었다

대나무

태어날 때부터
청허清虛라는 화두 하나 지니고
정좌하고 있다

욕심, 질투, 허영, 시기
온갖 사악한 생각 떨치려
가부좌하고
연년세세 수련한다

각고의 노력으로 득의得意하여
속을 훤히 비우니
겪은 고통
마디 마디로 응결되었구나

세월의
흐름을
오직 빈 것으로 채워
무슨 징표처럼
의젓이 서 있다

푸르름으로 맑은 마음
날카로운 잎으로
꿋꿋한 의지를 보여주며

갖은 비, 바람
버티고
몰아치는 천둥번개
견디어 내었다

고고하게 품은 뜻
숭고하여
군자君子라 일컬었던가!

오늘도 나는
그 앞에서 다시 한번
옷매무새를 갖춘다

감나무

넓은 벌판 끝자락 외진 곳에서
새 한 마리
후여후여 날갯짓하며
세월을 날려 보낸다

새는 폭풍우를 만나고
가시밭을 지날 때
서러움을 안으로 안으로 삼키면서
태어난 둥지
감나무를 그리워한다

할아버지의 할아버지와 함께하던
감나무
저녁연기 피어오르면
한결 짙푸르던 잎

지금
회초리 가지 한두 개에만 피어 있다

옛집은

밭이랑이 되어
깨어진 기와 조각 몇 개만 보이고

왁자지껄하던 마당의 풍물들
흔적 찾을 길 없어도
'이제 오나'라는 어머니의 목소리는
뚜렷이 들린다

따사롭고 아늑한
옛집 안방 구들목의
화목함이 밀려온다

검정 고무신에 미꾸라지 잡아
소꿉장난하는 어린 동생들 모습 일렁이니
가재 잡고 소 먹이던 어릴 적 동무들
흔적 더듬어 본다

늙은 감나무
노쇠한 가지 견디며
옛 주인 아는지 모르는지

흐르는 세월의 야박함에
가슴 아리게 한다

오월의 신록

갓난아기 여린 미소 같은 것들이
맑은 몸짓으로
피어 오더니

차츰 물오른 소녀의
종아리 같은 것이 되어
탱탱한 리듬을 퉁기고 있다

질펀히 뻗은 젊음들이
온기의 피돌기를 싣고
온 산천에 넘치고 있다

나도 저들 물결에
휩쓸려 한없이
떠다니고 있다

낙엽

어떤 생명의 힘이
언 땅의 껍질을 벗겨
움트기 시작하더니

넘쳐흐르는 햇살의 광영을 받아
싱싱하게 세월을 향유하며
이슬 내리는 달밤의 낭만을 즐기고

한여름
하늘 우러러 뜨거운 열정
가슴에 담아
노래하듯 푸르름 한껏 퍼트리더니

결국은
시간의 무게 견디지 못해
무거운 짐 내려놓고
탈진하여
황갈색 나그네 되어
대지 위에 헤매고 있다

이제 스스로
우수의 깊이 속에
잠겨드는 시간

그 풍경 따라
머리 희끗한
사나이 하나
깊은 상념에 젖어들고 있다

빈 몸

여름철
햇볕 한 줌, 별빛 한 줌
담아 와서
푸르름 한껏 퍼뜨리더니

바람 불러 모아
무성하던 잎들 하나, 둘 떨어뜨리며
출가승처럼 삭발을 한다

내 몸 혈육의 인연
학교 운동장 병아리들이 쌓은 인연
거미줄 같은 얽힘을 뚝뚝
잘라 버리고

바람이 지난 흔적
물결이 남긴 앙금
시간의 찌꺼기들
하나하나 들어내는 빈 마음

그런 마음의 진수眞髓가

상큼하고 매끈하게
지금 가지에 맺혀 있다

홀홀 털어 버리고
올곧게 하늘을 향해
뻗어 있다

그리고
조용히
땅속 깊은 곳 보이지 않는
침묵의 소리를 듣는다

2부
사색

침묵의 빛깔

웅장한 침묵도 있고
단아한 침묵도 있다

히말라야 정상이 웅장한 것이라면
바닷가 조약돌은 단아한 것이다

또한 로댕이 조성한
"생각하는 사나이"가 중후한 것이라면
알 듯 모를 듯 미소 짓는 모나리자의 침묵은
그윽한 것이다

그리고 주검이 덮친
묘지의 타의적 침묵이 있는가 하면
자성을 밝히기 위해
스스로 구 년을 면벽한 달마의 침묵도 있다

오늘도
불면으로 잠들지 못한 나는
습관처럼 거실에 나와
난초의 침묵과 대면하고 있다

청아하고 정갈한
그와 마주하며
내가 지니고 가야 할 침묵의 색깔이
어떤 것이어야 하는가를
곰곰이 생각해 본다

내 체질에 맞는
거창하지도
옹색하지도 않은
그런 침묵을 골똘히 생각해 본다

길의 내역 内譯

지상에 남긴 무수한 발자취들
시간은
희미한 기억으로 지워 나가지만
어떤 것은 오래 남아
깊은 흔적으로 각인된 것도 있다

처음 작은 오솔길의 자국들이
마을과 마을의 길을 이루고
마침내 커다란 성곽의 길을 이뤄

때로 천상의 이름으로
때로 지상의 빵으로
때로 시인의 감성으로
제각각의 깃발을 앞세우고
무수히 흘러가지만

화려한 영광이 안개가 되고
그 안개가 수상한 소문이 되어
밤과 낮은 되풀이하면서
지금까지 오고 있는데

상아탑의 연구실
오래 관조자觀照者의 지성 속에서 지내 온
내 발자국은
어떤 성격의 것일까?

잠 못 이루는 밤 2시
새삼스레 내 발자취의 흔적을 찾아보는 시간
도대체 내 발자국은
이 시대 어디쯤에 놓여 있는 것일까?

"지금"의 시간

한 번 지난 강물은 두 번 다시
오지 않는 시간
내 마음도 강물처럼
다시 잡을 수 없다

"지금 이리로 오너라"
"지금"은 언제일까?

그 "지금"도
말을 뱉는 순간
이미 저만치 흘러가 버린다

"지금"은
서로가 용납하는 현재라는 그림자
서로가 인정하는 현재의 모순이다

용납과 배려를 품은
"지금"이 삶 속에 녹아들어
훈훈한 정과 매끄러움을 찾으려 하지만
언제나 그 바람은

저만치 흘러가 버린다

네가 허용하고
내가 받아들이는
삶의 끈
언제나 아득하다

"지금"만이
나의 시간이요
나의 자리이다
그래서
내가 존재한다

정情

흘러 고일 곳 따라
잔잔히
마음으로 흐르는 물

뜻밖에 받은 선물
분홍색 넥타이가 주는
찡한 울림은
스며드는 따스함에 포개어진다

까닭 없이
자석처럼 끌리는 인력引力이
가슴 깊이 녹아 있는
마음의 향배向背

활짝 열린 포근한 가슴
순백의 진실이 자리 잡은
너와 나
너의 아픔이
나의 괴로움으로 스며드는 마음의 강

넘실넘실 물결이
밀려오면
멀리 더 멀리
바다를 본다

결국 그것들
마음과 마음을
칭칭 감아 주는
등나무 줄기가 된다

연륜年輪

아침 산책으로 운동장 트랙을 돈다
어린이, 젊은이, 늙은이 함께 돈다

트랙에 해가 뜨고
달이 지고

흐름은 그대로인데
물결이 일렁인다

나름의 세계를
달팽이 껍질 속에 펼치며
방울 소리 따라
바퀴를 돈다

내 안에
여러 '나'를 안고
바퀴를 거듭하며
사람이 되어간다

지금도

외진 오솔길 옆
작은 못에 피어오르는
아침 물안개의 고요함은
지금도⋯⋯

마을 뒤
산골짜기에
야~호오⋯ 하고 꿈 실어 보내던 메아리는
지금도⋯⋯

푸른 풀밭에
황소가 꼬리 치며 풀 뜯는 한가로움은
지금도⋯⋯

앞마당 평상에 누워
희망 부풀리어 띄우던 구름은
지금도⋯⋯

오래된 세월

몸이 열이면 눈은 아홉〔眼十中九〕
노안老眼이 되니
신문 활자가 어늘거린다

삶의 그림자
오욕칠정五慾七情의 때가 끼어서이다

돋보기안경은
때를 안고
환하게 보는 즐거움을 준다
때를 꼭 씻어낼 필요는 없다

돋보기안경으로
오랜 시간에 쌓인
때를 한 겹 한 겹 뒤적이면
회한에 잠긴 문장들만
즐비하다

굽이굽이 돌아온 흔적
삶의 찌꺼기들

돋보기를 닦듯
열심히 닦아 내면

새삼
탁함과 맑음의 조화
섭리의 흐름 같은 것
바라보게 된다

항아리

마음속
작은 항아리 하나 있다
생각의 숨길 모아두는 항아리

때로
솟구치는 젊은 빛깔들이 담기고
끝없이 가던 안갯길이 쌓이고
뜻 없이 떠난 아린 시간들이 쌓이고

열기에 젖은 이마 짚어주던
어머니의 손길도 잠겨 있고

때로 분노하고
때로 슬퍼하던
모든 뒤안길이
거기 고스란히 담겨 있다

한적한 항아리 시간에
홀연히 살아나는
그림자들

내게는 그것이
하나하나 보석이라
정성 모아 간직하고 있다

너머 그 너머

어린 시절
초가집 호롱불 밑에서
무지개 꿈을 꾸었다

그것은
푸른 들 저 멀리
동쪽 하늘에 걸쳐 있었다

그것을 찾아
가시덤불 헤치고
낭떠러지 지나고
그 너머 그 너머
바다를 지나

그것이 있는
아침 맞이하려
쉬임 없이 노를 저었다

밀려오는 파도
쓰나미 질 때

그 너머 멀리
하늘
사라지기도 했으나

그래도
먼동이 터오는 시간을 밟으며
신기루 찾듯 헤매고 있다

적당히

"적당히 베풀고 살아라"
"술을 적당히 마셔라"

늘
어머니가 하시던 이 말씀은
내겐 숙제처럼 남겨졌다

"적당히"의 뜻은
부처님 말씀처럼
실천이 어려울 때도 있고
공자님 말씀처럼 아득할 때도 있다

"적당히"는 박쥐이다
"적당히"의 요술은 삶의 바퀴를
잘 돌리기도 하고 엇갈리게 하기도 한다

너와 내게
온전히 녹여질 수 있는 감정
똑같은 마음을
"적당히"가 잘 해결할 때도 있고

서운하게 할 때도 있다

전하는 마음은
너와 내가
잡을 수 없는 그림자 같은 것이다

그러면서
오래 쌓이면
끈끈한 손때 같은 것
고향의 구수한 된장 냄새가 되기도 한다

기도

원의 한 점에 모인
순수한 마음

이슬 같은 것
아침 햇살 같은 것
산 정상 맑은 바람 같은 것

함께 모은 마음의 샘

합장하여
하늘에 닿게 한다

3부
바다와 산

해안선

파도가 싣고 와서
내려놓은 비밀이 만든
뭍과 물이 만나는 선線

수평선 넘어 저 멀리
영겁의 뜻을 싣고
물결은 넘실넘실 뭍에 닿는다

자연의 소리를
때로는 조근조근하게
때로는 난폭하게
때로는 하소연의 말씀으로 옮기며

뭍에 부딪힌다
억겁 동안 전하려는
그 속뜻을 아무도 이해하지 못하지만
너는 쉼 없이 울리고 있다

그래서 답답한 마음
저렇게 선線으로
그어 놓을 따름이다

눈 내리는 날

서녘 하늘 구름이 밀려와
눈이 내린다

눈송이에 묻어
고요가 차분히 내려앉는다

나무도
들도
산도
고요 속에 자신을 맡긴다

끝없이 질펀하게
퍼지는 희디흰 고요

때로 세월 속에
헐어진
내 마음도
고요 속에 묻힌다

모두가 깊은 고요의 바다가 된다

조약돌

바닷가 조약돌에는
태고부터 이어 온
자연의 리듬이 담겨 있다

포효하던 공룡의 백악기 이전
한때 그것은 뜨거운 마그마였다가
커다란 암석이 되어
파도와 비바람에 깎여

지금은 수평선 햇살과
잔파도에 몸 맡긴 조약돌이 되어
조용한 리듬에 머무르고 있다

결국 저것도 먼 훗날
아주 미세한 잔모래가 되어
물결 속에 녹아 사라지겠지만

오늘 나는 그 조약돌
귀에 대어
태고부터 담겨 온

리듬을 더듬어 본다

그리고 그 소리로
내 피돌기 속에 잠든
원시의 감각 일깨워 본다

폐선廢船

썰물 밀려난
갯벌 위에
녹슨 폐선 비스듬히 누워있다

뱃고동 싱싱하게 울리던 시간
노을 속에 묻어 버리고

파도 헤치고
만선의 기쁨도
이제 모두 실어 보내고

허리 굽은 독거노인처럼
깊이 팬 주름에
깊은 사연 녹이고
마디진 손가락 같은 닻 내리고
옛날을 새기고 있다

누구나 곱씹게 하는
시간의 섭리를

부서진 뱃머리가
바람 실어 보내고 있다

등대

아득한 곳에서 손짓하는
불빛 하나

갈 길 모르는 가슴 위에
무언가 신호를 보내고 있다

구도자의 눈빛 같기도 하고
방황하는 자를 위한
따뜻한 손길 같기도 하다

어릴 때
내 꿈을 키워주던
남쪽 하늘의 별처럼 아직도
그것은 저만치 손짓하고 있다

아무도 찾아오는 이 없는
여기
외로움은 파도 되어 철썩이고
쓸쓸함은 바위에 부딪쳐
산산이 깨어지는데

등대는
홀로 저렇게
서 있다

해돋이

어두운 시절
한때 우리들의 선비도
저 같은 정신으로
뿜어 오를 때가 있었다

역사의 수평선 위로
거침없이 떠올라
커다란 판상 위에
놓일 때가 있었다

칼날 같은 순수함
불결한 것 모두 거두고
순백의 마음
이글거리는 열정으로
시대를 덮을 때가 있었다

모든 힘의 원천
우주의 섭리

오늘 아침

그 마음 다시 새겨
크게 펼쳐 보이고 있다

산에 가다

산의 침묵을 말할 수 없다
때로 준엄하게
때로 따뜻하게
때로 시리도록 외롭게

그것은 꼭 무엇이라
말할 수 없다

들리지 않는
나무의 숨소리가 있고
스스로 자국을 숨기는
산짐승들의
날랜 몸짓도 있다

그러면서
소리 없는 투쟁과
조용한 용서도 있고
깊은 배려 또한 있다

역시

산은 산이고
물은 물이다

어래산

해발 571m의 어래산
내 고향을
아늑하게 안고 있다

쭉 뻗은 등성이마다
지난 시절 아픈 파편이 흩어져 있다

6.25 전쟁 때
낙동강 방어선의 일부였던 이곳
치열한 안강 전투의 중심지였다

한낮 비행기 폭격
밤에 일어나는 지상군 포격이
쉴 새 없이 쏟아지고 있었다

독수리 같은 비행기가
내리꽂히면서
도로 다리를 폭파하고

수십 대의 제트기가

하늘 가로지르는 것을
우리들은 신기하게 보고 있었다

그 전쟁터 한가운데
우리 고향은 있었고

그물 철모에 풀로 위장한
군인들이 밭둑과 논둑 밑에
엎드려 있었다

피난 시간 지나 집으로 돌아오니
고삐 풀린 인민군의 말들이
들판을 풀쩍풀쩍 뛰어다녀
철없는 꼬마들 그 뒤를 따라다녔다

어래산 정상 포격과 폭격으로
민둥산처럼 깎였고 여기저기
전사자들의 시체가 널려 있었다

그 세월

60~70년의 시간이 지나
이제 전쟁의 흔적은 지워지고
산은
태곳적 그대로
인고의 통한을 가슴에 묻고
오직 침묵만 드러내고 있다

석굴암

수평선 영겁으로 오는
첫 햇살의 뜻과

천년의 솔바람
이어받아
지평선 영겁으로 전하는
바람의 염원을

절대 고요로 담아
일렁이는 미소 하나

천년 혼의 숨결
조용히 번져 내고 있다

장군바위

천하를 호령하던 울림이 엉켜
비슬산에 자리 잡고 있다

그런 바위 앞에
오늘도
무속인들 찾아와 기도를 올리고 있다

한때
시대의 정면에 서서
바람처럼 휘몰던 기상
지금은 역사의 뒤안길에 서서
먼 하늘만 응시하고 있다

눈발 날리고
진달래 피고 져도

안으로 안으로
삭이는 침묵
그 인고忍苦의 시간이
모든 것을 품고

거므스레 거친 색을 띄우고 있다

그 무엇으로 흔들어도
꿈쩍 않는 저 무게가
지탱의 기둥임을 말해준다

외가 가는 길

외할머니 천식 위해
밤새 곤 조청과 함께 가는
외갓길은 즐거웠다

철없는 강아지 같은 나는
이곳저곳 저만치 내달리며
돌팔매질도 하고
산딸기도 따며
종일 신이 나는 길이었다

가도 가도 외로운 산길이라지만
하늘만 빼꼼히 보이는
호랑이가 나온다는 천정산이지만

가다 지쳐도
어머니와 함께라면
마냥 즐겁기만 했다

도토골 큰 고개 재를 지나
고갯길 돌고 돌아

굽이굽이 힘든 길 지나

먼저 뛰어올라
"엄마" 하고 부르면
건너 산 메아리가
"어엄~마아~"

어머니는 하늘나라로 가시고
어린 강아지 미수米壽를 바라보니

고향 하늘
서녘 노을만
붉게 타오르고 있다

반달

한없이 돌고 돌아
내 아파트 창문에
쓸쓸히 걸터앉는다

늦은 밤
두 손 모은 내 모습
기특한 듯
그윽이 바라보고 있다

그런 너를
큰 뜻이 있는 줄 모르고

지금껏
한없이 허우적거리며
지나왔었다

이제야
청순하고 순수함에
안식 같은 눈길
발견하고

이 밤
나는 조용히 옷깃을 여민다

다보탑

천년의 혼
비에 씻기고
바람에 깎이어도
청태 끼인 시간 속에
살아 일렁이고 있다

대웅전 앞뜰에
신라인들의 그림자
아직도 정성스레 돌을 다듬고 있다

화강암
쪼고 쪼며
생명 불어넣어
무지개 돌계단 이루어
팔각형 탑신 난간 두르고 있다

연꽃잎 모양 탑신은 살아서 싱싱하고
돌난간에는 푸른 피가 돌고 돌아 토실토실하다

신라 혼이 어린 탑은
천년 하늘 받들고 있다

4부

생활 주변

은비녀

쪽머리 곱게 받치던
어머니 은비녀
일찍이 할머니도 그랬고
그 할머니의 할머니의 머리에도 있었던
그 은비녀는

솔잎 위로 흐르는
천년의 바람처럼

청아하고 정갈하게
단아한 옷매무시와 함께
이어져 왔었다

버선 끝 받아 올린
처마 끝 맵시처럼
하늘 얹힌 은비녀의 모습은

보이지 않는 가훈처럼
우리들 마음 다잡아 주었고
가슴속 부적처럼

오래 지켜 주었다

그런데 그런 가느다랗고 끈질긴 생명이
언제부턴가
골방 한편 서랍 속에
잊힌 채 놓여 있는 것이다

쓸모없는 추억처럼
쓸쓸히 제 혼자 놓여 있는 것이다

옷과 탈

옷이 탈일까?
탈이 옷일까?

잠자리 날개 같은 옷은 예쁘다
제비같이 날렵한 옷매무새는
상큼한 생동감을 주고
튕겨 오를 것 같은 활력소를 준다

한들거리는 여인의 옷자락은
언제나 봄의 향기를 불러온다

예쁜 옷을 위한 노력은
투쟁에 가깝다

그런데
미인대회의 옷을 벗은 여인들의 매무새는
예쁘기 그지없다

잉어같이 싱싱한 각선미
선線의 율동이 흐르는 몸매

젊음이 솟구치는 용태容態

그래서
옷이 없어야 한다
옷을 입지 않는 모습이
원래 태어날 때의 모습이다

때 묻지 않은
순수
하얀 종이 위에
점 하나
그것은 하늘에서 내려 받은
참모습이다

더욱
마음에
옷을 입히는 오염이 없어야 한다
탈을 씌우는 변형은 더더욱 없어야 한다

아무것도 입히지 않는 마음이

참 '나' 이다
맑고 밝음에 자리 잡은
참 '나'
몇 번이고 되뇌면서
성현들의 말씀을 짚어 본다

지갑

오랜 시간 함께한 지갑
겉가죽이 너덜하다

한 번 인연을 맺으면
선뜻 손 놓지 못하는 성격 때문에
너는 끈질기게
나와 함께 있었구나

너는 내가 넣어두면
넣어두는 그대로
내가 빼 쓰면 빼 쓰는 그대로
언제나 충실한 심복처럼 있어
그런 너를 나는
내 살갗처럼 지니고 있다
내 일부가 되어버린 너

이제 네 수고를 덜어 줄 때도 되었건만
오늘도 고액권 몇 장을 네 속에 챙겨 넣고
가볍게 휘파람 불며 외출하고 있다

열쇠

사람과 사람 사이
쉽게 마음을 열지 않는다
마음의 곳간을
자물통으로 꼭꼭 잠구어 놓고 있다

내가 먼저 활짝 열어놓으면
열쇠로 딸가닥 소리 내며
처음 보듯 세상이 환하게 열린다

그 마음
그 속에
우주가 있고
너가 있고
내가 있고
색즉시공色即是空
공즉시색空即是色이라는 것도
그 속에 있다

더듬어 깊이, 더 깊이 들어가면
아무도 없다

분명 있어야 할 것들이 없고 오직 고요만이 있다
그리고 절대 고요 속에
피어나는
다시 환한 빛들

그 깊은 곳에서
딸가닥 열쇠 소리
다시 한번 들어보고 싶다

거울

나는 나를 보지 못한다
거울을 통해서만 나를 본다
그러나 내 내면은 드러나지 않는다

내 속은 헝클어져 있으면서
외모는 단정할 수 있다

그러한 거울 속의 "나"는
다양하다

거울 속 내가
만족스러울 때도 있고
불만스러울 때도 있다

더더욱
내 안에 있는 "나"는
거울에 비추어지지 않는다

껍질을 벗기고 또 벗겨도
알맹이는 아득하다

순수하고 순백한 나는
어디 있는가?

내 너머 자리 잡은
"나"를 찾으러
오늘도 거울 속을 헤매고 있다

문門

삶의 길
가다 보면 모든 문이 열려 있지만
그 문이 보이지 않을 때가 있다

밝은 대낮인데도
나는 장님처럼
아무것도 종잡을 수가 없을 때가 있다

그래서 흙에도
돌에도
닿을 데 없어
더듬어 갈 때가 있다

그리고 멀리
틈 사이로 흘러나온
희미한 소리 더듬으며

가시밭길처럼 헤쳐가고
낭떠러지 앞처럼
오늘도

터벅터벅
더듬어 간다

삐거덕 삐거덕

어머니 묵은 손길이 녹아 있는 문
여닫는 소리
언제나 삐거덕거렸다

그 옛날
밥 투정하는 내 소리 맞춰
삐거덕거리기도 하고

따뜻한 아랫목에서
칭얼대는 소리 따라
삐거덕거리기도 했다

그것은
어린 동생들
흐르는 눈물과
웃음에 섞이기도 하면서
끈끈한 가족애처럼
언제나 삐거덕거렸다

삐거덕은 사랑의 은유이다

아침 이슬

동구 밖
아침 햇살 받은
이슬방울
본 적 있는가?

하늘에서 내려온
순수한
알맹이를
바로 본 일이 있는가?

그만이 지닌 뜻이
굽이굽이 돌아 풀잎에 앉았다

세상의 모든
잡됨을 떠난
순순한 눈빛이 아롱져 있다

남몰래 스스로 쌓은 순수
응축되어
영롱하게 빛나고 있다

추수

별 보고 나가고
달 보고 들어오는
늘 활짝 열린 집이었다

개구쟁이 우리들 발자국 소리 듣고
풍성히 자라던 들녘 곡식

샛별 따라
이슬과 바람 뒤적이며
할아버지 정성 섞여
황금물결 일렁이던 그곳

점심 바구니
논두렁 지나
소담스레 펼쳐지고
가을 햇살과 함께
송아지 울음 개울을 넘고 있었다

그런 다음
그루터기 남은 논에

가을 하늘
서서히 찬 이불 깔고 있었다

인연

나무 사이
거미 한 마리
줄 치고 있다

그 거미줄은 거미줄 그대로
삶 속에서
오고 가는 관계
보이지 않는 끈으로 얽혀가고 있다

만남으로 이루어지는
여리고 짙은 관계를

때로 따뜻하게
때로 살벌하게

어떻든
하나의 화엄의 세계를 이루고 있다

생산의 끈
혈연의 끈

끈 따라

연륜年輪 쌓이며

세계의 바퀴 쉼 없이 굴러간다

그림자

세상에 함께 와서
떠날 때 함께 가는 것

오늘도
빈 바닷가
홀로 아득히 걷고 있는
어깨 야윈 사나이의 그림자가 보인다

도시의 외딴 골목
먼지 먹은 구름 같은
사나이의 그림자도 보인다

또한
철새들 떠난
빈 둥지의 시간 속에서
무엇인가 하염없이 기다리는
사나이의 그림자도 보인다

그려도 그려도
엇갈리는 자신의 자화상 앞에서

밤새 잠 못 이루는
사나이의 그림자도 보인다

감자

잘 간직한
씨감자
이른 봄
씨 뿌려진다

감자 눈은
제 살을 먹고
싹을 키운다

그것은
모성母性처럼
자기 몸을 삭히면서
새로운 생명을 키운다
마치 우리들 어머니처럼

튼튼한 대궁에
화사한 감자꽃을 피우는
미래라는 터전을 위해
제 몸을 바친다

등 굽은 어머니들 오늘도
저만치 가고 있다

5부
미래 세계

노부부

소쩍새 즐겨 찾는 산골
황토 흙 버무려
소담하게 구워낸
질그릇 같은 부부가

오늘도 정화수 대에
하늘빛 마음 실어 물 담는다

복사꽃 환한 지난 시간도
가마솥 끓던 힘든 시간도
밀려온 주름 밑에 고이 삭이고
이승의 남은 미련
모두 씻기듯
오늘도 새롭게 물을 붓는다

모든 것 비우고
두 손 잡은 따뜻한 정 새롭게 채운다
아직 남은 삶도
이 같길 바라는 듯
두 손 모아 정성 다해 물을 채운다

황혼

이제
노을빛 물든 흰머리 쓸어 올리며
반 남은 술잔 앞에 놓고
하염없이 먼 하늘 바라보는 모습
어울리는 나이

젊은 한때
여러 갈래 길에서
가보지 못한 그 길 갔으면 어땠을까 하고
오래 생각에 젖어 있어도 좋을 나이

열심히 살아온 지난날 뿌듯해하면서도
그래도 허전해 오는 순간 어쩔 수 없어
다시 마음 추슬러야 하는 시간도 있어야 할 나이

저무는 삶의 언저리
빈 방 촛불 켜
있는 듯 없는 듯 숨쉬며
깊은 내면의 시간 찾아가는 것 또한
많은 나이

정리 정돈

미수 얼마 앞두고
학문의 길 같이 해온
전공 서적과 서랍을 정리한다

오랜 시간
이미 내 피와 살이 되었던 분신들

새삼 떨쳐 내려니
몸 한편 도려내듯
마음 아린다

굽이쳐 흔들리는 내 삶 속
그것들 커다란 닻으로
버텨 주기도 했고

오르는 삶의 언덕
환희의 기폭으로 펄럭여 주었던
반려자를

때가 되어

내가 내 숨 스르르 놓아주듯
조용히 밀쳐내니

등 뒤에서
얼마 남지 않은
내 무대 한 장막이
여지없이 닫히는 것 같았다

기다림

현관의 편지함을 뒤지고 또 뒤진다
소식이 없다

울리는 전화벨 소리
황급히 받아 본다
역시 아니다
어찌 되었을까?

배달부의
초인종 소리
귀 기울이며

오늘도
빈 소식 앞에
뒤안길 바람처럼 서성이는
그림자 하나

전화번호

친구의 전화번호를 지운다
하늘나라에서는 불통이기 때문이다

전화번호와 함께
그의 모든 것이
서서히 지워지고 있다
가슴속에 담겼던
모든 것들이 하나씩 하나씩
옅은 그림자가 된다

화사한 너털웃음과 함께
정겨운 것들 엷어지고
배려하여 주던
따뜻한 손길도 저만치 떠나고 있다

모두 모두
어디로 갔을까?

영원히, 영원히는
얼마일까?

친구

한때 우리는
뜻 모를 얘기 조잘대는
병아리 떼들 같았다

또한 산과 들을 훨훨 뛰어다니던
어린 망아지들 같았다

뿔뿔이 흩어져
소식 뜸하면
안부가 걱정되는
끈끈한 줄이 되었다

지난 시간
서로 부대끼며
서로 슬픔을 나누면서

마음과 마음 포개어
실어 보내는 세월들 떠나가지만

서로를 향해

언제나
열려 있는 창

오늘도
그 울타리 속에는
저무는 노을빛이 불타고 있다

캠퍼스에서

낙엽 하나 강물 위에
하늘하늘 떠내려간다
돌부리에 부딪혀 빙 돌아
허느적 허느적 흔들거리기도 한다

정년퇴직이라는 고빗길

젊은 한때
내 가는 길
용광로처럼 불태우려 애썼고
잡히지 않는 삶의 문장
나름대로 정리하며
끊임없이 더듬어 가기도 했다

그런 내 자취 오늘도
무슨 미련처럼 멈추지 못하고
일 없이 캠퍼스를 서성이고 있다

멍하니 하늘 쳐다보는
시간 잦아드니

오직
한 걸음
한 걸음
시간의 물결만

멀리
떠내려갈 뿐이다

어떤 울분

촛불 혁명이란다
저네들 마음대로 정한
화려한 수사법이다

그들은 붉은 것을 푸르다 우기고
검은 것을 희다고 우긴다

어불성설이라 말해 보지만
내 목소리는 공치한 것이 되어
꿈속에서
가위 눌리어 되돌아온다

이건 아니잖아!
정말 아니라니까!

말해 보아도
남의 나라의 언어가 되어
골목길 바람처럼 사라진다
그래서 우리 동네는
까악까악

까마귀 떼들만 짖어댄다

또 참는다
어쩔 수 없잖아

신문을 읽고
TV, 뉴스를 보면서
아득하게 절망한다

코로나 바이러스19

어려움이 오면
쉽게 힘 합치는
대구 사람들

국채보상운동이 그러했고
2.28 민주화 운동이 그러했다

마음과 마음 합쳐
극복하는 달구벌 정신

바이러스 감염자 육천여 명
손 씻기
외출 자제하기
불평 없이 모두 힘쓴다

지하철 승객이 줄고
길거리 자동차도 줄고
모두가 한마음 되어 조심조심

온몸 땀 젖은

의료진 손길 아래
격려하는 마음들
도시 곳곳 넘치고

세계가 부러워하는
달구벌 생활 태도

뉴스 화면 곳곳에
넘치고 있다

대구는 역시 대구

만남

이길구, 이종식, 이희준, 김신운, 정인교
카톡 문자판에 뜨는 이름들
분명 오십 년 전 길쭉한 출석부에 있던 이름들이다

교직을 시작해서 처음 담임했던
경주 고등학교 이학년 사반
그때 싱싱한 이름들

해와 달 거듭하면서
각자의 길을 따라
뚜벅뚜벅 걸어온
오십 년

이제
팔십, 칠십 나이
각자의 주름 밑에
수많은 사연들 녹여 있지만

굽이굽이 거친 비탈 지나
어스럼 저녁

강물에 비치는 노을 보듯 서로 만나보니
가슴에 멍하니
덩어리 같은 것 울컥 오른다

그 옛날
폭포수 거스르는 연어의 기백 서로 떠올리면서

사랑방

사랑방이 하나 있다
골프 운동도 하고 담소를 나누는
따뜻한 모임 방이다
정년을 지난 교수들의 모임이다

출근하듯 모여서
간단한 골프 연습 후에는
서로 대화를 나눈다

지난날의 무용담
A교수의 미담美談
B교수의 불륜 얘기
흘러간 비사秘史
지난날을 돌이켜 보는 그리움에
함뿍 젖어지는 향수

사랑방이 있어 외롭지가 않다
농사 지은 과일, 채소를 가져오는 교수
정성스레 커피 봉사하는 교수
갖가지 정성이 모여드니

늘 따뜻한 방

방의 온기 타고
얘기의 꽃을 피운다
자식, 부부, 조상
재산관리 등등
온갖 삶의 파편들 하나하나 들어내니
집집이 살아가는 방법
도토리 키재기이다

이렇게 흘러 고인 정
십수 년
든든한 동아줄로 걸려 있다

거리낌없이
마음의 문이 활짝 열린 방
서로의 눈빛으로 말을 한다

늙은이는 어린 시절 그리워
옛날 얘기 늘어놓고

그 시절 그림 그린다
꿈같은 시절 씹으며
80 노인을 "종"아 "찬"아
이름 부르는 향수는
사랑의 변이형이다

성녀聖女

나는 지상의 모든 어머니를
성녀라 부르고 싶다

우리를 잉태해
지상의 햇살 속으로
내보낸 기적의 손길이라
말하고 싶다

세계는
그 어머니들의 산고 속에서
지구의 지축을
지금껏 돌아가게 하고

그리고 안식이라는
명사를 요람에 담아
우리들에게 안겨주고 있다

어머니라는 여자의 명사는
영원한 하늘의
메신저이다
향수의 고향이다

서예

높이 솟은 봉우리의 끝
그곳 빈 허공을
탐색하는 것이다

하마의 무게와
깃털의 몸짓이
서로 균형 잡으려는
저 아슬아슬한 힘

갖가지 모습이
먹물로
드러난다

화선지 위에
서로 다른
자기를 품어

호쾌한
번갯불의 순간이나
온화한 봄날의

빗소리 같은 것을
함께 다듬어

모필이 주는 신비로
보이지 않는 혼을
드러낸다

해설

감각, 사물에 대한 궁구, 내적 사유와 성찰

손진은 시인

1. 고향, 서정적 파문의 기원

시에서 '기억'은 어떤 작용을 할까? '기억'이라면 우리는 두 가지를 생각할 수 있을 것이다. 먼저 기억의 사전적인 의미를 살펴보면 "과거의 사물에 대한 것이나 지식 따위를 머릿속에 새겨 두어 보존하거나 되살려 생각해 냄"이라는 말이 나온다. 그것은 대체로 인지적인 경우가 많다. 그러나 이와 다른 또 하나의 기억은 신체에서 감각화된 양태로 드러난다. 그것을 경험할 때부터 나의 일부로 살아왔고, 아직도 몸에 살아서 파닥이는 것으로 존재한다. 김기찬 시인의 시에서 '기억'은 후자다. 이전에 느꼈던 따뜻한 감촉으로, 혈관 속을 흐르는 피가 되고, 하늘의 별로 운행하던 특별한 감촉으로 오늘을 살게 하는 힘이 된다. 그것은 서정의 파문의 기원으로 작용한다.

내게 찔레꽃은
늘 고향의 안부 같은 것이다

민들레, 진달래도 그렇지만
특히 그 아릿한 향기는
문간방 고향 누나들의 분 냄새처럼
언제나 살갑게 다가오는 것이다

노을 번진 고향 저녁
삽짝문에서 기다리는 어머니 모습과 함께
그것은 살아 있는 무늬가 되어
늘 내 망막에 일렁이는 것인데

뒤안길 홀로 훌쩍이던 누이의 흔적일 때도 있고
할아버지 상여 뒤따르는
열두 살 어린 내 흔적도 함께 묻어 있는 것이다

오늘 그 꽃잎 하나
새삼 혓바닥에 대어 보면
그때 타는 노을빛 같은 것이
아릿하게 번져 오는 것이다

- 「찔레꽃」 전문

찔레꽃은 보리가 익을 무렵에 밭둑에 피는 꽃이다. 김동리가 1939년 《문장》 7월 호에 「찔레꽃」이란 작품으로 만주로 돈 벌러간 '순녀' 의 이야기를 쓴 이래로 그 꽃은 수많은 시와 노래에서 서민의 정서로 고향을 호출하는 기호가 되었다. 김기찬 시인의 이 시에서도 찔레꽃은 고향의 안부를 드러내는 객관적 상관물로 형상화된다. 도시의 외관과 빛을 추구하는 사람에게는 고향의 삶이 그렇게 애틋하게 다가오지 않을 것이다. 장미가 도시의 화려함과 빛남을 강조한다면 찔레꽃은 작고 소박하나 은근한 느낌을 자아낸다는 점에서 고향의 인간사와 정서를 드러내기에 알맞은 꽃이다.

시인은 그 정서를 후각("문간방 고향 누나들의 분 냄새")과 시각("삽짝문에서 기다리는 어머니 모습"), 청각("뒤안길 홀로 훌쩍이던 누이의 흔적"), 미각("새삼 혓바닥에 대어 보면")을 통해 제시한다. 그것은 "분 냄새"나 "기다리는 어머니"처럼 밝고 환하게 다가오기도 하고, "훌쩍이던 누이"처럼 슬프고도 애잔하기도 하다. 그것들은 아직도 "늘 내 망막에 일렁이는" 정서가 되고 있다. 무엇보다 여타 시인들과 구별되는 김기찬 시인의 특징은 마지막 연에 자신의 목 안에 흐르는 갈증과 그리움을 "타는 노을빛"으로 미학화하는 능력이다. 아직도 시인은 고향의 세목이 망막에 걸리고, 그 앞에서 입술이 타는 경험을 하고 있는 것이다.

그것은 해와 밝음, 문명의 이기에서 나온 것이 아니다. 오히려 달과 어스름, 자연에서 나온 것이다. 디디-위베르

만이 『반딧불의 잔존』이라는 책에서 "반딧불과 같은 희망을 보이지 않게 만드는 것은 어둠이 아니다. 반딧불의 약한 빛이 파괴되는 것은 권력의 서치라이트가 강한 빛을 쏘아댈 때이다."라고 언급한 것이 떠오른다. 비록 먹고살기 힘들었지만 아늑함으로 시적 화자를 품어 주었기에 가능한 정서가 된다. 시인이 작은 생물의 몸짓과 소리에 주목하는 이유이다. 아래 시는 더 구체적이고 역동적인 모습으로 화육되는 실감을 보여준다.

그리움은 어디에나
흔적을 남겨 놓는다

어머니 산소에서
그것은
문득 날아오르는 산까치에서
또는 못등 위로 팔랑이는 나비에 이르기까지

나는 그것이
어머니가 내게 보여 주는
어떤 징표 같은 것이라 생각했다

(중략)

아지랑이 봄날

오늘은 산소에서
할미꽃 한 송이가 나를 반겼다

엎드려 절하는 내게
할미꽃,
그리운 시선처럼
오래 나를 지켜보고 있었다

-「할미꽃」부분

성묘를 하고 또 돌아오는 귀갓길에서 느끼는 어머니에
대한 그리움을 역동성을 갖춘 동적 이미지로 잘 표현한 작
품이다. 푸드덕이며 산까치가 날아오를 때, 못둥을 팔랑이
며 나비가 날아갈 때 이는 어머니가 자식에게 자신이 아직
이렇듯 살아있음을 알아보라고 보이는 징표이다. 이 지극
한 순간을 거치며 사물은 비로소 일렁이며 시인의 심장이
막 뛰기 시작한다. 인용되지는 않았지만 어머니는 "골목길
비춰주는 달님", "대문 앞에 일렁이는 그림자"로도 "솔잎
사이 흐르는 바람 소리", "풀섶에 맺힌 이슬"로도 살아 계
신다. 결구에서 어머니는 마침내 할미꽃 한 송이로 현신하
셔서, "엎드려 절하는 내게" 내 새끼야 이제사 왔나 하듯,
반기며 "오래 나를 지켜보고 있"는 것이다. 모정에서 우러
난 그리움의 흔적은 이렇듯 전방위적이어서 마치 내 발길이
닿는 곳마다 살아가는 시간과 장소마다 나를 지켜주고 위
무하며 현재의 나와 함께하고 있다는 실감이 편만하다. 이

는 지금은 잎 몇 남지 않은 감나무 아래서 '이제 오나' 라는 어머니의 목소리는/ 뚜렷이 들린다"(「감나무」)는 구절에서도 드러나는 바, 어머니는 김기찬 시의 향수에서 근원으로 작용한다. 그뿐이 아니다. 어머니의 말씀 하나까지도("적당히 베풀고 살아라"/ "술을 적당히 마셔라"「적당히」) 내 생을 이룬 오롯한 숨결이 된다.

다시 꽃 이야기로 돌아가자. 농경문화의 가난하고 아름다운 퇴적층 속에서 만난 화초들은 "늘 고향 소식 담은 엽서 같은 것"(「접시꽃」)이기도 하고, "네가 있음으로 해서/ 비로소/ 봄이 숨을" 쉬기(「들꽃」)도 할 정도이다. 이 작은 사물 하나에 반응하는 시인의 정서가 얼마나 실팍한가는 "봄을 한아름 안고 와서/ 꽃밭에 내려놓고는// 몰락한 귀족으로/ 뚝뚝 떨어지니/ 애지중지 땅바닥은/ 슬퍼한다"(「모란」)는 구절에 이르러서 절정에 달한다. 모란 낙화에 대한 감응은 김영랑의 경우(「모란이 피기까지는」) 시인이 그 서러움을 직접적으로 토로했다면, 김기찬 시에서 드러나는 모란의 낙화에서는 땅바닥이 꺼질 듯한 한숨으로 감응한다. "몰락한 귀족"이란 표현도 그렇지만 확실히 대지의 울림에 민감한 이런 시는 깊이와 감동을 거느리지 않을 수가 없는 것이다. 그가 얼마나 순전한 서정 속에 파고들었는가를 실감하게 한다.

2. 근원을 향하는 사유와 통찰

김기찬 시인은 생래적 서정시인이기도 하지만 그것과 맞물려 그의 시를 한층 더 돋보이게 하는 것은 사물을 통해 근원적인 시간성을 향해 나아가는 능력이다. 그것은 "쓸모 없는 추억처럼/ 쓸쓸히 제 혼자 놓여 있는" 은비녀(「은비녀」) 처럼 모든 것을 허물어버리는 무자비한 시간에 대한 회외 에서 출발한다. 시인은 이런 껍데기의 시간을 역류하고자 한다. 그는 지나온 세월의 연륜에 더불어 웅숭깊고 옹골찬 사유로 근원을 소급해서 나아간다. 때로 그것을 촉발하는 것은 자연이나 사물이 되기도 하지만 일상이 되는 아래의 시편은 요즘 시단에서도 드물게 보는 경우이다.

아침 산책으로 운동장 트랙을 돈다
어린이, 젊은이, 늙은이 함께 돈다

트랙에 해가 뜨고
달이 지고

흐름은 그대로인데
물결이 일렁인다

나름의 세계를
달팽이 껍질 속에 펼치며

방울 소리 따라

바퀴를 돈다

내 안에

여러 '나'를 안고

바퀴를 거듭하며

사람이 되어간다

- 「연륜年輪」 전문

우리는 여기서 아침 산책으로 도는 운동장의 트랙이 나이테가 되는 예를 본다. 주목하여 보아야 할 것은 트랙의 시간성이다. "트랙에 해가 뜨고/ 달이 지고"에서 보듯 시간은 시나브로 오랜 퇴적층으로 트랙에 내려 쌓인다. 그 사이에 인간의 일("흐름은 그대로인데/ 물결이 일렁인다")이 개입한다. 시간과 공간, 인간이라는 3중의 요소가 작용하면서 트랙은 아연 입체성을 띤다. 트랙의 무수한 돌기는 무수한 나를 내면에 새기는 과정이다. 한 바퀴를 돌 때마다 이 생각 저 생각을 하면서 돌기에 나는 변화와 성장을 거듭한다. "나름의 세계를/ 달팽이 껍질 속에 펼치며/ 방울 소리 따라/ 바퀴를 돈다"는 표현은 바로 그 현상을 묘사한 것이다. 운동장이 시간성을 품은 공간이듯이 나의 내면 역시 바퀴를 거듭할수록 "여러 '나'를 안고" "사람이 되어"가는 것이다. 이 시를 빛나게 하는 것은 바로 이런 직관과 통찰을 통해 나의 존재론에 도달하고 있다는 점이다. 오늘의 나는 프레임 내

의 균형감을 유지하면서 무수한 경험과 생각들이 쌓여서
이루어진 것이, 그런 자잘하나 연속된 상으로 구성된다는
인식은 소중하다 하지 않을 수 없다.

사소한 일상에서 이런 깊은 사유와 통찰을 일구어냈다
는 점이 김기찬 시의 오롯한 특장이다. 그런 사유는 태초의
시간으로 소급되기도 한다. 「조약돌」이라는 시가 그렇다.

바닷가 조약돌에는
태고부터 이어 온
자연의 리듬이 담겨 있다

포효하던 공룡의 백악기 이전
한때 그것은 뜨거운 마그마였다가
커다란 암석이 되어
파도와 비바람에 깎여

지금은 수평선 햇살과
잔파도에 몸 맡긴 조약돌이 되어
조용한 리듬에 머무르고 있다

결국 저것도 먼 훗날
아주 미세한 잔모래가 되어
물결 속에 녹아 사라지겠지만

오늘 나는 그 조약돌

귀에 대어

태고부터 담겨 온

리듬을 더듬어 본다

그리고 그 소리로

내 피돌기 속에 잠든

원시의 감각 일깨워 본다

- 「조약돌」 전문

시적 화자는 '조약돌' 하나에서 태초라는 근원적인 시
간성을 떠올린다. 낱낱의 조약돌은 "포효하던 공룡의 백악
기 이전/ 뜨거운 마그마였다가" 암석이 되어 파도와 비바
람에 깎이고, 지금은 시적 화자의 눈 앞에서 햇살과 잔파도
에 몸을 맡기고 있다. 문제는 그 속에서 시인이 "태고부터
이어 온/ 자연의 리듬"을 보고 있다는 것이다. 그 리듬은 과
거에만 작동하는 것이 아니라 현재를 거쳐서 미래에까지
이어진다. 마그마에서 커다란 암석으로, 다시 조약돌로 눈
앞에 있는 사물은 오랜 시간이 흐른 후에 잔모래가 되어 물
결 속에 녹아 사라지는 것을 포괄하는 리듬이다. 리듬은 파
도의 리듬이면서, 지구의 자전과 공전의 리듬이다. 시인은
그 리듬 속에 자신이 있음을 자각한다. 그러기에 그 리듬의
소리로 "내 피돌기 속에 잠든/ 원시의 감각 일깨워" 보는 것
이다. 여기서 우리는 하나의 사실을 더 확인할 수 있다. 시

인이 근원으로 돌아가는 상태는, 우주와 자연의 리듬에 대한 시원始原 찾기인데 그 시원이 결국 시인 속에, 그것도 "내 피돌기 속에 잠" 들어 있다는 것을 너끈히 발견하고 있고, 잔모래가 되어 물결 속에 사라지는 조약돌처럼 자신도 언젠가는 이 지상에서 사라질 것이라는 자각에 도달해 있다는 것이다. 그런 점에서 조약돌과 자아는 동일시된다. 사물들은 마치 시인에게 "듣고 있어?"라는 듯이 어깨를 흔들며 조근조근 속삭이는 것 같다.

김기찬 시의 이렇게 깊고 광활하며 입체적인 사유를 확인하기 위해서는 「해안선」과 시를 더 살펴볼 필요가 있을 것이다.

> 파도가 싣고 와서
> 내려놓은 비밀이 만든
> 뭍과 물이 만나는 선線
>
> 수평선 넘어 저 멀리
> 영겁의 뜻을 싣고
> 물결은 넘실넘실 뭍에 닿는다
>
> 자연의 소리를
> 때로는 조근조근하게
> 때로는 난폭하게
> 때로는 하소연의 말씀으로 옮기며

뭍에 부딪힌다

억겁 동안 전하려는

그 속뜻을 아무도 이해하지 못하지만

너는 쉼 없이 울리고 있다

그래서 답답한 마음

저렇게 선線으로

그어 놓을 따름이다

- 「해안선」 전문

시인은 첫 연에서 해안선에 대한 정의를 간명하게 내린
다. "파도가 싣고 와서/ 내려놓은 비밀이 만든/ 뭍과 물이
만나는 선線" 그 다음에 이어지는 "영겁의 뜻을 싣고/ 넘실
넘실 뭍에 닿는" 물결의 묘사도 자연스럽다. 3연과 4연에
이르면 묘사가 더욱 세밀해진다. 자연의 소리를 조근조근,
때로는 난폭하게, 때로는 하소연하듯 옮기는 물결, 그 물결
의 몸짓은 "그 속뜻을 아무도 이해하지 못하지만/ 쉼 없이
울리고 있다"는 것이다. 확실히 시인은 개괄묘사에서 세밀
묘사로 이동하면서 시의 입체성을 살린다. 묘사가 더 나아
갈 수 없다는 것을 깨달은 시인은 군더더기 없이 시를 마무
리한다. "그래서 답답한 마음/ 저렇게 선線으로/ 그어 놓을
따름이다" 더하거나 뺄 수 없는 놀라운 진술이다. 이것은
청마의 그 유명한 구절 "아! 누구인가?/ 이렇게 슬프고도 애
닳은 마음을/ 맨 처음 공중에 달 줄을 안 그는."(「깃발」)에 나

오는 정서와 방불하다. 푸른 해원을 향하여 끝없이 흩날리는 깃발의 시간보다 오래전부터 뭍에 닿는 물결의 동작을 잡은 작품이다.

자연과 사물에 대한 사유를 담은 김기찬 시인의 시는 필연적으로 내면으로 이동하는 과정을 택한다. 그것은 자아로 이동하면서 나의 실존의 근원을 탐색하는 과정으로 이어지기 때문이다.

3. 자아의 대상화와 실존의 감각

주지하다시피 자아를 깊이 탐색하기 위해서는 자신을 하나의 대상으로 놓고 깊이 파고들어 가는 자기 반추의 과정이 필요하다. 주로 그것은 '자화상' 시편들에서 많이 발견되는데, 윤동주와 서정주의 「자화상」, 백석의 「남신의주유동박시봉방」, 이상의 「거울」 같은 시편들이 대표적이다. 그중 김기찬 시인과 연관성을 찾아볼 수 있는 시인은 백석과 윤동주라 할 수 있다. 윤동주는 사위가 조용한 가을 밤에 산모퉁이를 돌아 외진 길가에 있는 우물 속에서 달과 구름과 하늘과 바람, 그리고 가을 속에서 한 사나이를 발견하고 미움과 연민의 정으로 그 사나이를 끌어안는다. 백석은 삿자리를 깐 방 안에서 자신의 지난날을 떠올리며 회한에 잠긴다. 김기찬 시인 역시 "잠 못 이루는 밤 2시"에 자신의 내면을 돌아본다.

지상에 남긴 무수한 발자취들
시간은
희미한 기억으로 지워 나가지만
어떤 것은 오래 남아
깊은 흔적으로 각인된 것도 있다

처음 작은 오솔길의 자국들이
마을과 마을의 길을 이루고
마침내 커다란 성곽의 길을 이뤄

때로 천상의 이름으로
때로 지상의 빵으로
때로 시인의 감성으로
제각각의 깃발을 앞세우고
무수히 흘러가지만

화려한 영광이 안개가 되고
그 안개가 수상한 소문이 되어
밤과 낮은 되풀이하면서
지금까지 오고 있는데

상아탑의 연구실
오래 관조자觀照者의 지성 속에서 지내 온
내 발자국은

어떤 성격의 것일까?

잠 못 이루는 밤 2시
새삼스레 내 발자취의 흔적을 찾아보는 시간
도대체 내 발자국은
이 시대 어디쯤 놓여 있는 것일까?

- 「길의 내역」 전문

　　잠 안 오는 밤 시인의 마음은 지나온 시간 속에서 "오래
남아/ 깊은 흔적으로 각인된" 사건에 유독 골똘해져 있다.
그것은 시인에게 회한과 아픔을 주는 결정적 사건이었을
것이다. 그러면서 길을 걸어온 수많은 주변의 사람들로 생
각이 이어진다. 작은 오솔길 같은 그들의 성취가 "마침내
커다란 성곽의 길을 이"룬 사람들, 그중에서는 성직자("때로
천상의 이름으로")도, 사업가("때로 지상의 빵으로")도, 시인("때로
시인의 감성으로")도 있어 제각각의 깃발을 앞세우고 자신의
길을 흘러간 것을 떠올린다. 그러나 그들의 영광은 안개나
수상한 소문으로 이어진 것도 있었다는 것이 아프다. 그러
면서 시인이 거듭 반추하는 것은 "상아탑의 연구실/ 오래
관조자觀照者의 지성 속에서 지내 온/ 내 발자국"이다. 밤하
늘의 달이 푸른 과일처럼 싱그럽게 다가오는 밤이었을 것
이다. 식구들은 다 잠들고 시인만이 일어나 "새삼스레 내
발자취의 흔적을 찾아" 본다. 시인의 궁극적 화두는 "도대
체 내 발자국은/ 이 시대 어디쯤 놓여 있는 것"이냐는 것

이다. 시대 속에서 자신이 이룬 성취를 겸허하게 돌아보는 그 시간은 자신의 고독한 실존을 아우르며 사색의 심연에, 실존의 심연에 들어가는 자의식이 표출되는 시간이다. 그러나 나를 만나기는 쉬운 일이 아니다.

나는 나를 보지 못한다
거울을 통해서만 나를 본다
그러나 내 내면은 드러나지 않는다

내 속은 헝클어져 있으면서
외모는 단정할 수 있다

그러한 거울 속의 "나"는
다양하다

거울 속 내가
만족스러울 때도 있고
불만스러울 때도 있다

더더욱
내 안에 있는 "나"는
거울에 비추어지지 않는다

껍질을 벗기고 또 벗겨도

알맹이는 아득하다

순수하고 순백한 나는
어디 있는가?

내 너머 자리 잡은
"나"를 찾으러
오늘도 거울 속을 헤매고 있다

- 「거울」 전문

 우리는 마침내 시집의 표제를 이루었을 것으로 짐작되
는 시편에 이르렀다. 시인은 먼저 거울의 현상에 주목한다.
나는 겨우 거울을 통해서 보지만, 거울은 나의 내면을 보여
주지 못한다고 정의한다. 거울은 내 외모와 속의 불일치를
확인시켜 줄 뿐(2연)이라는 것이다. 그때마다 다른 수많은
나(3연)가 거울 속에 출몰한다. 그 현상에 만족하기도 불만
을 품기도 하는 것이 '나'라는 허상이다(4연). 그렇다면 거
울에 비쳐지지 않는 "내 안에 있는 나"(5연)는, "순백한 나
는"(7연) 어디에 있는 것일까? 내 너머의 나 찾으러 "오늘도
거울 속을 헤매고 있"(8연)는 시인의 실존은 "밤이면 밤마다
나의 거울을/ 손바닥으로 발바닥으로 닦아보"(윤동주, 「참회
록」)는 시인의 몸짓을 닮았다. 시시포스처럼 굴러온 돌을 또
올리고 또 올려야 하는 것이 시인의 사명이 아니겠는가?

"모든 인간은 지구에서 시적으로 살아간다."라고 횔덜린은 말한 바가 있다. 그런 맥락에서 김기찬 시인의 시적 행로는 서정적 파문의 기원으로서의 고향에 이를 때 핏줄 속에 내재해 있는 감각으로 반응하고 있었다는 점과, 사물을 통해 근원적인 시간성을 향해 나아가는 능력이 이 시인의 시에 입체성을 더한다는 점, 마지막으로 자신을 하나의 대상으로 놓고 침잠해 들어가는 자기 반추의 과정을 거치고 있다는 점에 올올이 스며 있다. 김기찬 시인의 시를 두 계절이 지나도록 오래 독서하면서 보내는 기간이 참으로 행복했음을 밝혀둔다.

붙잡히지 않는 둥근 거울

발 행 | 2022 년 2월 10일

지은이 | 김기찬
펴낸이 | 신중현
펴낸곳 | 도서출판 학이사
　　　　출판등록 : 제25100-2005-28호
　　　　주소 : 대구광역시 달서구 문화회관11안길 22-1(장동)
　　　　전화 : (053) 554~3431,3432
　　　　팩스 : (053) 554~3433
　　　　홈페이지 : http : // www. 학이사.kr
　　　　이메일 : hes3431@naver.com

ISBN _ 979-11-5854-344-0　03810